t.102

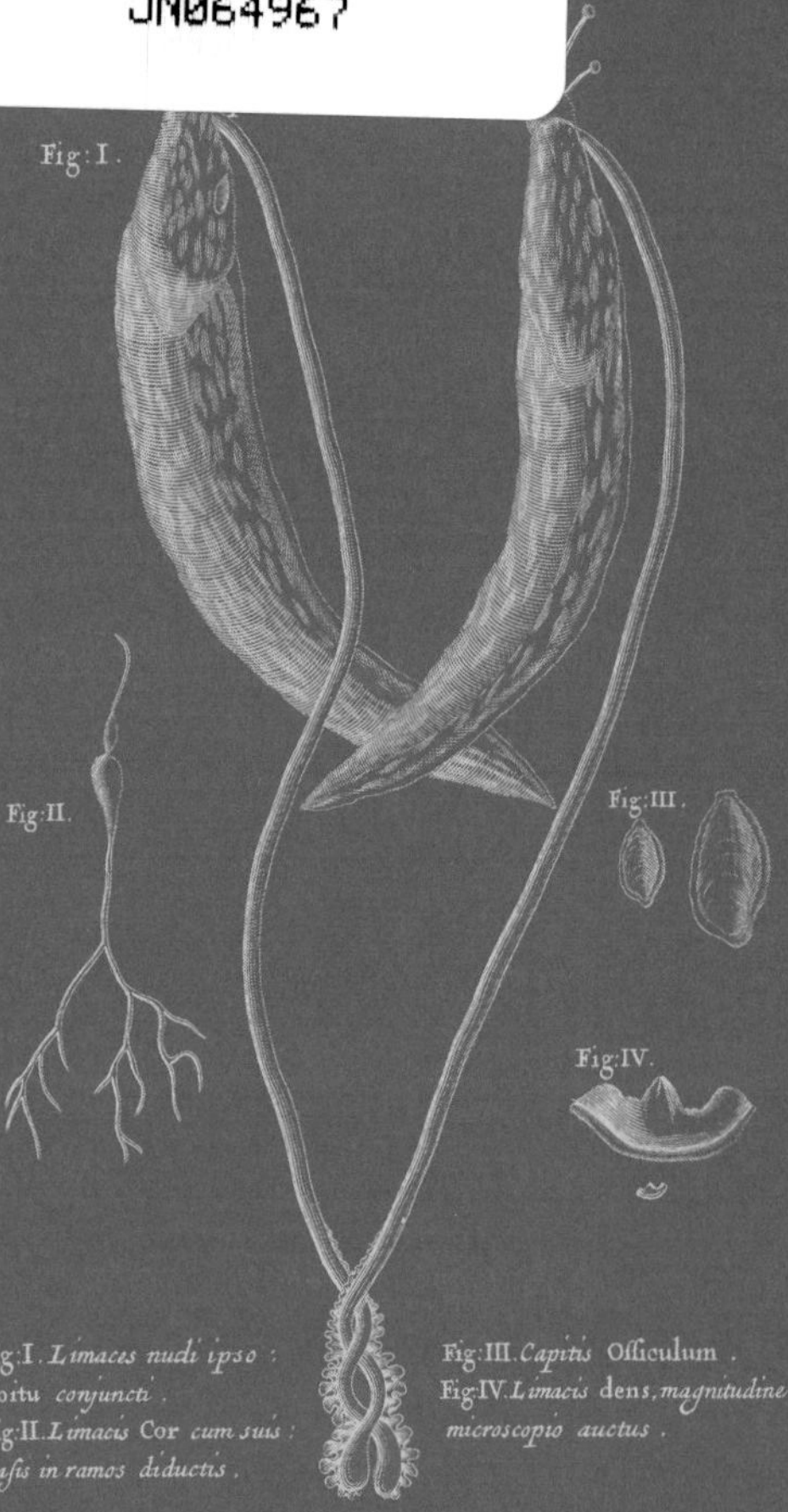

Fig:I. *Limaces nudi ipso coitu conjuncti.*
Fig:II. *Limacis* Cor *cum suis vasis in ramos diductis.*

Fig:III. *Capitis* Officulum.
Fig:IV. *Limacis* dens, *magnitudine microscopio auctus.*

歌集

Dance with the invisibles

睦月都

角川書店

目次

一章

二章

三章

四章

五章

六章

歌集

Dance with the invisibles

睦月　都

装　　幀：花山周子
ＤＴＰ：南　一夫
見返し画：Martin Lister,
Historiæ Conchyliorum : Liber Primus Qui est de Cochleis Terrestribus,
illustration by Susanna & Anna Lister, London, 1685.

一章

Dance with the invisibles

灯油売りの車のこゑは薄れゆく花の芽しづむ
夕暮れ時を

香水を手首にかける朝の戸に鈍き刃物の香も
まじりたり

春の二階のダンスホールに集ひきて風をもて
あますレズビアンたち

お辞儀して音楽を待つ数秒をつめたい鍵のごとく向きあふ

手を取ればワルツは円を描きそむ飴色の午後のひかりのなかへ

氷砂糖が砕けて光る現象を思ひだす　目で笑
ひあへたら

どの春も過去形になる　春だつた　ターンで
広がる風とスカート

女の子を好きになつたのはいつ、と　水中で
するお喋りの声

手を振りて駅に別れれば明日にはまた透明の
女に戻るわれらか

校則のさだめの通り咲くやうで木蓮のふいに
遠き十字路

ここはかつてタクシー乗り場だつた場所　夜
の影に影ひとつ重ねて

Sleeping Rhino

冬のひかり路地にまばゆし　人らみな郵便局に吸はれゆくなり

ＳＮＩＣＫＥＲＳにあめりかのやはらかなビニール　会ひたき人と会へるだけ会ふ

簡潔に雨降りて止む朝ありて瓦斯火にパン切りナイフかざせり

ひとを恋ふこころのうすさ　切り爪のふたつ
みつよつ切り零しつつ

あかねさす銀杏並木のはつ冬の黄《くわう》葉《えふ》するつて
きもちがよささう

さみしいと言つてくれたらいいのに　柚子の
実ほてる坂道をゆく

会ひたきといふ感情もすでに恋なのかな　同
じ夜を眠る犀

十二月の顔に触れたり　夜の柳さらひてきた
る風が冷たし

Swan boat

昨日と今日がまちがひさがしの絵のやうにならぶ九月の朝の食パン

日曜の洗足池のあかるさよスワンボートのつどふ岸辺に

白鳥の胸に番号ふられゐてあなたと乗るのは「6」の白鳥

子どもの手を離れた風船のやうに秋の日ふたり漂ふばかり

爪たてて無花果を割く　ほんたうにほしいものなら誰にも言はずに

風の夜あなたの捲毛をほぐしてゐる小さなソファーが箱舟になる

わたしの彼女になつてくれる？　穂すすきのゆれてささめく風の分譲地

雨音に灯すランタン　深づめのあなたの指を
くちに含みつ

低気圧近づく夜もそこにゐてスワンボートは
すこし俯く

わたしたちの定員二名の箱舟に猫も抱き寄す

沈みゆかなむ

二章

けはひなく降る春の雨

けはひなく降る春の雨　寂しみて神は地球に
鯨を飼へり

春の雨消《け》ぬがにそそぎゆるやかに教会通りを
くだりゆきたり

君の家に檸檬の木あり檸檬の花咲けりとふ声
けさは聞きたり

にはとりは恐竜の裔《すゑ》うつくしき恐竜族の胸ひらきゆく

さみしさに座るキッチン　ほろびゆく星ほろびゆく昼のかそけさ

春ひなか烏賊のいさよふ海ありて烏賊とは海にひろがるものを

われにある二十の鱗すなはち爪やはらかに研ぎゐるゆふべ

角砂糖壺にくづるる白昼をよろこぶ　きみも
刻々と老ゆ

善き人がふいにつきたる嘘のごとくはらりと
種を零すパプリカ

十七月の娘たち

腕の傷さらして小径歩むとき傷より深く射せる木漏れ日

木のスプーン銀のスプーンぬぐひをへ四月の
午後は裸足でねむる

悲傷なきこの水曜のお終ひにクレジットカー
ドで買ふ魚《うを》と薔薇

春の夜によそふシチューのごろごろとこども
の顔沈みゐるごとく

悲し、とふ言葉が今朝はうすあをき魚の骨格
となりて漂ふ

市長選選挙のびらの撒かれをり南国の花のやうなりびらは

婚なさず子なさずをれば一日がシロツメクサのやうな涼しさ

わが飼へる苺ぞろりとくづほれてなすすべも
なし春の星夜に

柄杓星そそぐ憂ひの、満ちるまに猫をかかへて
切る猫の爪

沼ちかく棲まへるわれや病める目にときをり
娘の幻覚を見つ

天文台の昼しづかなるをめぐりをりひとり幽
体離脱のやうに

壺とわれ並びて佇てる回廊に西陽入りきてふたつ影伸ぶ

告解の少年少女を思はずも雪平鍋に口ひらく貝

真夜中の人の胃のなかにゐるやうでなまあたたかし春の嵐は

真夜はまた未生の娘の顔をして煙草吸ふわが背《せな》に重たし

飼ひ猫が春の小庭にあそびては連れかへりくる蜘蛛・蜥蜴など

ラナンキュラス床にしをれて昼われがすこし飲みすぎてゐる風邪薬

きららかに下着の群れは吊るされて夢の中へ
も虹架かるかな

瓶底に残りゐるジャム、曇り日を娘はすこし
長く眠りて

イーピゲネイアの喉の白きを思はする花瓶あ
りたり古りし生家に

娘われ病みて母きみ狂ひたまふ幾年まへの林
檎樹の花

そこらぢゆう木香薔薇が咲いてゐる　夜なのに子どもの声がしてゐる

テレビから漏れいづる毒、毒と電波、檸檬切りつつそを浴ぶわれは

復讐をせしことのなきくやしさよ缶切りが缶
ぼろぼろにする

花に雨かすめるやうなしづけさの母と妹　朝
のおしやべり

いもうとの靴借りてゆく晩春のもつたり白き
空の街へと

パーティーにわれらはわらふ誰とゐても貿易
風のやうに笑へる

円周率がピザをきれいに切り分けて初夏ふか
ぶかと暮るる樫の木

知らない人の子どもの話を注意深く聞くけれ
どジャスミンが耳にあふれて

酩酊をわたしは待つた日曜の広いベランダに
身を投げだして

煙草吸ふひとに火を貸す　天国はいかなる場
所か考へながら

人らみな羊歯の葉ならばをみなともをのこと
もなくただ憂ふのみ

宴過ぎて廃墟のやうなリビングの朝のあかる
さに揺れるカーテン

風薫る五月の夜の屋根の上《へ》に猫やはらかに歩みゆくなり

長電話終へたる部屋の遠き無音　ネアンデルタールの洞窟に似しか

真鍮の鈍くつやめく鍵のごとく友の秘密を胸に押し込む

十七月の夜のカタン　娘はいまゆめみるごとく領地拡げて

首長き鳥を飼ひたし首なでてソファーのうへで春夜更かして

われを呼ぶ猫の小声に戸を開けばただひた闇のひたやみしこゑ

虹に沿ひ虹架かりたり昔見し幼きカインとアベルのやうに

この家の重力にいまだ慣れられぬわたしたちが積み上げゆく靴の箱

桃色の象の寝息のやうな風　夜の緑道を母と
歩めば

雨季まだきしづけき夜夜の土にありて紫陽花
の児ら太りゆくめり

月は老いて我にしたがふ　百年後同じき帰路をあゆむわれにも

娘とはつねにまぼろし　亡ぼしし夢のことなどまた夢に見つ

妹の午睡ののちのほほのごと栞紐跡あるペー
ジ撫づ

もんしろ蝶　光の路地にあらはれてみるみる
燃ゆるまひるなるかも

わが生まぬ少女薔薇園を駆けゆけりこの世の
薔薇の棘鋭《と》からむに

鳥獣保護区

葉洩れ陽を白い日傘にうけるとき浮きあがる

屋上遊園地

鳥獣保護区に入りつつ反芻してゐたり女のひとの子どもを産む夢

サンペレグリノの緑の瓶をつたひゆく汗・ねむくなる・ひとりでゐると

ひぐらしの姿は見えず音のみが八月の血を透
過してゆく

五時の鐘鳴りておどろく　帰らなくてはいけ
ない家があつた気がして

ポケットのないスカートのやうな夜の裾で置
き場なき手の熱を逃して

クラウン

女の子とふざけて手をつないでわたる新宿三丁目交差点

三十歳になるのは　この世にひとりぼっちみ
たいな表情をやめたこと

お母さんわたし幸せなのと何度言っても聞こ
えぬ母よ　銀杏ふる日の

夜のプールに脚をひたすやうに降りてゆく階段が地下劇場へと続く

霧《スモーク》をまとふ裸の踊り子の奥歯に銀のかんむりを見き

銭湯に天使の壁画　色あせてゐるけどさうだ
つたつてわかるの

夢の座標がほのかに明滅するやうで夜の街道
のデニーズひらく

狩人

ハンドベル奏者の右手左手の音のあゆみせり
少女ふたりは

礼拝のやうに誰もがうつむいて灰皿ひかる冬の居酒屋

かりゅーど、と異国語めいて　狩人よ冬の森には必ず愛を

三章

記憶の広場

憂鬱な子どもたちの手ひくやうにゆるべるや
うにただ青葉闇

記憶の広場にわたしが遊ぶ影鬼をわたしもし
たい五月晴れなり

或る春のあなたに借りつぱなしの本膝にのせ
つつ居眠りをせむ

親指を胸びれのごとふるはせてさうして耐へ
てゐた痛みさへ

雨があなたの本性だつた　だとしても　硝子
の窓に沈む紫陽花

やつめうなぎのやうに心が逃れるよ髪洗ふと
きうつむくわたしの

永遠に降るにはか雨、　にはかあめ　わたしは
本を壊してしまふ

知らない場所に痣がいくつもできてゐる夢より覚めて目覚めてもなほ

すこしづつひとりに慣れるやうに風、小雨はらみて吹きつけるなり

大路ゆくバスに眠れば記憶の奥のあなたと目
があひて会釈せり

ゆりの花すこし目で追ひ、　はづしたり　外し
て戻る夏の会話に

ゆふやみと強盗

猫といふさすらふ湖《うみ》がけさはわが枕辺に来て
沿ひてひろがる

銀の魚影ひとつだになき噴水のあつけらかん
と秋となる昼

わたくしを嫌ひなひとがわたくしに薔薇色の
菓子置きてゆきたり

くちつけて水を飲むとき思へりき　錫に淡青の炎あること

強盗が来るやうな気がしてゐる夜に母の肩にかけるカーディガン

夜の廊下に妹とわれはち合へばをを一んを
あ一んと挨拶をかはせり

わが気配泥にひとしく冷たしとわれを産みた
る母は告げきぬ

秋雨の胸に庭あるごとくして苦しきときに顕《た》つ庭潦

樅の木の匂ふ広場で嘘つきと呼ばれたことも記憶だらうか

猫をわが全存在でつつみ抱くともだちになつ
てくれたら魚をあげる

電灯にとらへそこねし蛾の舞へば影絵あそび
の夜となる今は

朝なさな胸にほの立つさみしさのそれが都庁
のやうに高いよ

秋天にボウリング・ピン直立す十六ポンドの
風もあらねば

老いながらわれに似てくる母とゐてわけあふ
十月の葡萄パン

妹が帰らぬ夜のひとつあり真珠のやうに寂し
かりけり

カルダモンのやうなる人を駅に待つ夕日に腕
時計ぬくめつつ

靴ずれを見むと路上にかがむとき雨の路上の
音量あがる

歩むこと知らずひた立つ橋脚が彼岸に渡すわれの自転車

胸が痛むといふ言葉さへ鮮《あたら》しく秋の林を乾かす風が

感情の出口がほしく　われに見えぬ階《きだ》踏むごとくゆく赤とんぼ

夜の噴水見つつおそらく輪廻なきわれと汝れなる風からみあふ

人とゐて深く呼吸のできる夜　肺を得たりし魚のごとくに

飼ひねこをちひさな恐竜ちやんとよぶ桃のにほへる夜のいもうと

光澄みつつ

陽を散らしとぶ一頭の秋蝶がわが心臓の上《へ》を
かすめたり

秋なれば光澄みつつある昼を妹の婚告げられてゐつ

秋の夜を喚きまはれる猫いれて猫の重量が部屋に加はる

咳癒ゆる朝もほのかに寂しくてシロップの匙
また嘗めてゐる

花提げてゆく妹の影ひとつわれの日傘の影に
入れたり

砂糖の森

霜月の森に入れば甘い匂ひ　いづれ会ふまで
の時間を歩く

とまり木にとりどりの鳥、鳥は鳥の骨格通り
羽を広げる

刀鍛冶のごとくに研ぎてしならせて鳥は尾羽
のするどさ保つ

やはらかな鱗の覆ふまなぶたが音無く落ちぬ、鳥の眠りに

冬にみる夢のやうなる青き実をちりばめてゐる藪茗荷かな

外で少し眠るとからだが冷えてゐて、　さういへばさうだつた気がする

まだ青いどんぐりの実が落ちてゐる　ふざけてゐて落下した子供

蜘蛛のアパートメントと砂糖の木　十一月は
夜に近づく

家を売る

姿なき鳶のこゑのみうづまきて春なり春のしろい空なり

小さな時限爆弾のごと並べゆく卵の十個しんと光れり

家を売る　家のかはりに少しだけお金をもらふ約束をする

きやべつといふ小国ひとつ剝きゐつつ人の暮らしのこんな儚さ

白く大きな赤ん坊がベビーカーに乗つて真昼の坂を下りくるなり

春の手につんと冷たき鍵ひとつポストに入れて行く　家を売る

実家、と書いてほんたうの家　永久に家なきわたしとふ子が育つ

天秤が釣りあふためにに揺れてゐるやうな飛びかた　ひよどり　ゆけよ

春雷のひとのまなこのまぶしさにコーンスープの粉溶きてゐる

鍵屋に鍵ひしめく夜よ　輪廻するたましひの
待合室のごとくに

幸せな家族ではない人たちもはごろもじやす
みんのゆめのなか

食卓を囲む椅子たち　立ちあがりその中心に
ともる燈《ひ》を消す

春

ゆふぐれの小鍋に落とす三月の三温糖の小さじ一杯

図書館のとなりにあつた病院の曲がつた文字
を書く医師だつた

菜の花と古き絵本と自転車のかごにゆられる
休職がきまる

居酒屋のいけすのなかにゐる心地ともだちと
住む夜の家屋は

塩買ひに出づれば月は溶けかけてその月から
もとほいわたしだ

冷凍のえびグラタンをあたためる　ひかりの
なかでえびが生き返る

春もまた胃を疾みてをりやみながら風吹くと
きに濃き梅の香は

微笑んでゐるのは春の三鷹駅けんけんぱつと
鳩がゆきたり

四章

緑の体重計

とても小さな靴下が落ちてゐる渋谷の秋の谷底にゐる

歯が抜ける夢をよくみる　ぱらぱらと　さう
いふふうに降る天気雨

昔の地球でつくられた緑の体重計　裸で乗る
とおもさがわかる

花梨の黄落ちてゆがめる道抜けて風のひぐれ
に指輪を買へり

いつか小さなアパートになつて冬の日の窓辺
にあなたの椅子を置きたい

鳥の名の歌集をひとつ手に持ちて架空の国境を越えてゆく

行行重行行《ゆきゆきてかさねてゆきゆく》　ワルシャワに十一月の初雪が降る

人魚の川

壊れてしまった目覚まし時計そのままにn＋1回目の朝が来る

ワルシャワ市電26番

晴れた朝のトラムが大きな川を渡る　人魚が住んでゐるといふ川

住んでゐた町の人面魚のニュース　指でひろげてもういちど見る

話し相手のほしい午後には街に出て風のあつまる広場へとゆく

あの小さな箱の中から出てくるのは宝くじ宝くじを売るひと

手渡される紙幣もひとの不機嫌もくすんだやうな秋薔薇のいろ

夢のなかでの殺意は罪に問はれえず卵ふたつでつくるオムレツ

川に棲む人魚は淡水魚なのかなたとへば大鯰《おほなまづ》
のごとき尾の

トラムを降りて川におりればあたたかしなに
かが近づいて遠ざかる

鍋に肉ゆつくりと煮てゆくときにひとときき水は匂ひ濃くせり

夕暮れの水にわたしの影を落とす　わたしの奥でゆらめいてゐる

ゴーストレストラン

心を、遠くに置く訓練を　十二月の夜空にオ
ペラグラスをかざす

クリスマス・イヴの静かな昼食に気休め程度
の白菜を茹づ

から風のやうな言語で喋りたりたがひの家の
猫の話を

錆び釘のごときクローヴを鍋に落とす　落つ
　音のない夜の内側へ

雪よりも冷たき雨のふる街のどこかに開く
ゴーストレストラン

白い街

COVID-19発生。二〇二〇年三月、欧州圏でも急速に感染が拡大し、ポーランドも外国人の入国禁止および国際航空便・国際鉄道便の停止に踏み切る。日本に一時帰国中だった私は、ワルシャワのアパートに多くの荷物を置いたまま、その場所に戻れなくなった。

後ろ手に門鎖されてふりむけばワルシャワは
とても白い街だつた

ドミノ倒しのやうに〈ロックダウン〉といふ
言葉初めて聞いたのにもう近い

もう戻れない街、といふ認識が底冷えする夜
靴下を履く

みんなうさぎの耳たててゐる三月の雪の夕《ゆふべ》の
バス、曲がり角

西武線のレールに菜の花がゆれてゐて、虫歯
治療跡地のくらやみ

菜の花の向かうに夕日落ちていつてあれが私の借金だつた

薄明かり――といふ時間に静止する日曜始まりのカレンダー

王さまと政治家

郵便配達人すぎゆけり真昼間にけだるきエンジン音を溶かして

春の日をこもりてをれば机がだんだんやはら
かくなりて卵も割れぬ

ならべてかさねてふくらみつづけてゆくボレ
ロ春の愚かな政治家たちの

はだかの王さまに喩へてもいいけれど空つぽ
の王国が増えてゆくよ

洞窟魚を思ふとき口のなかにある暗き水脈に
舌ひるがへる

星からも遠い日は肉をもむやうな肉筆で手紙
書きつけてゐたり

窓から窓へ月が配給されてゆく　氷を舐めて
それを見てゐる

花のやうな奇妙な地名も吸はれたり郵便ポスト の中の無限に

暴動は起こらざり　昼の食卓に逆立ちになるトマトケチャップ

ある夏の手記

2020/07/27 Mon.

休みが明けても、実験棟の自販機は故障中のままだった。十八個のボタンには全て「売切」の赤い文字が灯り、見つめていると、だんだん奇妙な複眼の生物のように思えてくる。研究所内はしんとして、人の姿はわずかだった。この自販機はいつから故障しているのだっけ。一週間か、一ヶ月か、……。時間はより大きな時間に吸収され、次第に輪郭があいまいになっていく。

くちなしは夜の水分に煮崩れてその後の透明な月曜日

2020/07/31 Fri.

「久しぶりに晴れましたね」という声に顔を上げると、白っぽい昼の光が、ブラインドのすき間から侵入してきているのが見えた。私はなにか返事をしようとして、〈東京は今日、太陽が顔を出さなければ、百二十年を超える統計史上で最も日照時間の短い七月となる〉という今朝のラジオで聞いた言葉を壊れた九官鳥のようにそのまま再生してしまう。このところの私の仕事は九官鳥ではなく機械に物を教え込むことで、今日から訓練を始めた機械の一つは、ときおり唸りを上げながら、異様な数値を吐き出し続けていた。

音楽を小さくかけて眠る夜のわたしはこの夜の浄水器

2020/08/16 Sun.

六月の雨とともに侵入してきたこの言葉の通じない小さな生物は、急速に私の生活のモジュールに組み込まれていった。最初はほんの二〇〇グラムあまりしかなかった生物の体重は、二週後には倍となり、その四週後にはそのまた倍となり、単純な一次関数直線をどこまでも伸ばしていくように思われた。

眠るとき、生物はむずかって私の手を欲しがる。私は私の左手を与える。休日の昼のあかるいベッドで、眠る生物の呼気のなかで、私もいつの間にか夢か記憶かわからないものを見ている。

夏の長い一日《ひとひ》のあとのアパートに時間の砂の
ざらつきはあり

Kitten blue

i.

夢の中にもひとまばらなる夢のなか母とゆく
区営プラネタリウム

風溜まる初夏の窪地のあたらしい職場は森の
中の研究所

数式を食事のやうに与へたりわれは機械に物
教へむと

機械のみる悪夢がすべてのjpgを紫陽花色に
歪ませてゐる

暗い雨の森を歩めばかそかなる笛の音きこえ
その方へゆく

夜は森の輪郭を克明にせり重き眼球おしあげ
て見つ

紫陽花の繁みのあたりの笛の音のその笛とし
て仔猫出できぬ

人間の言語で話しかけてしまふ　どうしたの
ひとりなの

手を出せば手に乗つてきて雨のなか　ああ
わたしたち帰る巣がないのだ

さうしない理由がわれの岸辺へと打ち寄せる
前に抱き上げてゐた

野良猫を抱き上げるときわれは崖　われは崖
風に額さらして

ii.

暴力はかたちをもたずひそやかに雨樋伝ひながれくるなり

体重は220g

マドレーヌではないのだからあまりに軽すぎる三角の耳ふたつ並べても

籠に入れた仔猫とすこしの洋服と夏の逃亡の
ための荷作り

優しい女の子が住む町へ行き先を告げて　夜
の坂道のタクシー

雨粒の表面でゆがむコンビニの光　こんな夜がなんだか以前にもあつた

熱帯夜　ともだちの住むマンションの浅瀬に漂着物わたしたち

無数の本が床につみあげられてゐて知らない
けどきつと砂丘のやうだ

あなたの外にあなたのたくさん読んだ本があ
つて可笑しい　うれしくて笑ふ

地球のサーカディアンリズムで寝起きする猫
とわれ　息づく夏の居候として

仔猫用粉ミルク溶くあけがたの、あなたにと
つては夜更けの　おしゃべり

猫をそつと押し戻す手よ　境界のこの先にきみは行きてはならず

夏の白い光がさしてわたしいま大きな保健室にゐるのかもしれず

この先は安全な森　蜘蛛の巣のはりかへられてかがよふ今朝は

iii.

夏の匂ひを蹴りつつゆけば暮れてゆく小さな商店街の焼鳥屋

スーパーの人工的なあかるさに傷つく昼も救はれる夜も

清潔で安全なパン・豚・りんご詰めて湿度のある夜へ出づ

こんな風の夜がずつと続いたらいいのにね会
はざれば誰も悲しくなくて

会へぬことが会ふ口実になることも七月五度
目のZoom歌会

蜩のこゑ湧きいづる薄明の夏は非線形に暮れてゆく

逃亡はふと楽しくてこの夏の偽名に宛てて届く小包

何万回でも逃げ出した猫追ひかける　七月、
私たちの永久に続くトランジット

五章

マルセイユ靴店

誰の記憶からも逃れたき夜明け前塩化コバルトの空滲みたり

〝君〟を救ひにする物語全部嫌　西陽　テラ
リウムへ満ちてくる

木犀は夜に匂へり寝室へもどれなくなつた子
どものやうに

秋の薬局までの坂道のぼりながらさういへば
ずつとない現実感

恋人を探すといふのもいいけれどわたしは猫
を可愛がつてばかり

猫なでてゐるとだんだん鯉になるここちする
なり夜は泥なり

『三銃士』読みつつ寝入る風邪の日のあかる
さは鼻から冷えてゆく

空白の季節いくつか費やして灯れる冬のマル

セイユ靴店

ひとりと猫一匹の食事

致死量の水仙の花が咲いてゐた最後の家族旅行の記憶に

冷蔵庫はいつぱいなのに食べたいものがひとつもないね　猫をころがす

心にも客間がほしい　客のない夜も贋作の絵などをかけて

天国が遠のいていくお返事を眠らせたままの
メールの数だけ

会はざれば人は貝殻のやう　手に拾ふどの貝
殻もどこか欠けてゐて

自治体の広報紙きて紫陽花のワクチン接種計画日程

チョコレート・クッキーやさしく落ちゆきぬ

緑陰ふかき五月の胃へと

曇りの日も雨の日もねこを膝にのせて
epidemic の窓のうちそと

夜の部屋にひとりと猫一匹で待つ宅配ピザの
呼び鈴の音

引き際

紫陽花を灼く七月の陽のなかで思ひみる　夢の引き際

ゆつくりと冷たく腐る冷蔵庫の奥で李も桃も
愚かな王政も

流し台に立つたままプラムへ齧りつく　憎し
みの跡地に憎しみが来る

東京がしろい廃墟となる日々の五輪憲章をだれも言へない

黄昏のSpotifyより流れくる死者の音楽、死者未満の音楽

関係者以外立入禁止の東京でだめになつた朝
顔を数へて

真夜中の偏食家たち

アルカリの匂ひたちたる夜のスープ啜りつつ
恋ふ土星の重力

食べることで埋める穴　いつか読みしフランスの田舎の墓掘りの民話

女が政治の話などするなとわれに怒鳴りし人かつてあり　石の食卓

人間のからだにありて爪だけが作りものめいてうつくしいこと

寝込んでゐて見逃した皆既月食のひと口食べて残す麦粥

テレヴィジョンのうるむ光の前にゐて笑へば
みるみる酸化する舌

紫陽花が自重に耐へて咲くさまを思へりトイ
レで嘔吐しながら

二の腕のつめたさが夏の予兆なり猫抱きよせてふたたび眠る

生きてまた百年先のデニーズで季節の鉱石のミニパルフェを

六章

もくれんと地下駅

冬の終り　終りのなかには冬が残り毛深きもくれんの子供たち

口紅といふ制度さびれて三度目の春の一千枚目のマスク

頭が真綿のやうに重くて、葱をきざむ手をとめて聴く空調の音

もくれんの食べかたを知る　食べてよきもくれんの木をわれは持たねど

旅先の夜のやうに月が小さくてコンビニで買ふ焼き鳥とワイン

戦争のニュースがひとつ流れてきて気がつけ
ばもう真つ暗だつた

都営地下鉄のはてのないエスカレーターを下
りつつ遠い爆音を聞く

彼女に貸す香水

そつと手にかければ脆くくづれゆく優しい秘密主義者のミルフィーユ

革靴に差し挿れる舌　恋といふあなたを損なふもの思ひつつ

梟の飼はれゐる家とほりすぎ十月、無酸素状態の夜

香水をたがひに交換して秋の夜を抱く　耳の後ろがひかる

真夜中の冷蔵庫の灯火にぬれて白い彼女の鎖骨うごきぬ

借りるねと言つて彼女がつけてゆくすこし重い香水、秋の戸

コンピューター・チェスの次の手を考へてるこんなに小さな湯船のなかで

窓

夢の途中でねつ造される少女期の記憶よ　黴だらけのパン・プディング

２０２号室の窓から見えてゐる月食の月　裸
になつて

さびしさの補償をあなたは求めすぎる　千の
夜　月の土地の権利書

紅茶色のリップティントをつけてあげるゆふぐれ、小さな諍ひのあとに

雨に濡れた落ち葉が道をあかるくする坂のないまちをあなたとあるく

私ばかりが愛情に飢ゑてゐて恥づかしい銀杏
並木のコインランドリー

恋の洞

古雑誌めくれば歳月にふやけたる星占ひの山羊座の運命

東京にも雪のふる昼　薄暗いカーテンの陰に
隠れてすごす

女の子と夜遊びしたい　ともしびに小さな煙
草の火を分けあって

ひと冬に少女が費やす砂糖菓子を煮詰めたやうな香水をもらふ

やさしいと言はれて私の優しさはあなたのためにあるのではないのに

春の夜は薄曇りしてその雲の埋み火としてあるヘリコプター

糸通しに彫《ゑ》られし銀の横顔の婦人つめたし月面のごとくに

感情を人質に取るやうなことをしてたし、されてゐた、恋の洞

散るといふよりも壊れてゆきながら体力で立つ桜みてゐる

さくらはなびら風にロンデを描きながらやがて記憶のやうに消えたり

「迷い鳥探しています」の貼り紙も風に古りゆくすずらん薬店

グラスの底に残る琥珀酒飲み干してあしたは
女の子と踊る約束

夏の影

家々の屋根とがらせて七月の町はひとでのやうにたゆたふ

昼の陽に感情の底洗ひつつゆきかふ日々の靴が脱げさう

空想に蛇を飼ひつつ昼ありて夜はケーキをたべて眠らむ

夏の爪短くそろへつつ思ふいつか失くさむもののいくつか

血縁といふふかしぎの薄く濃く花提げもちて墓参りせり

いくたびも木陰にわれの影かさね霊園までの
坂のぼりゆく

御影石みがきてをればわが生《いき》の手もそちらへ
と映りこむなり

偶蹄目のぶあつき舌が嘗めつけてゆきたるごとき熱風きたる

蟬声もしづもれる昼石洗ひ石の心音聴くごとくゐる

八月を日傘かしげてすれちがふ人それぞれに
それぞれの腕

心臓に部屋がいくつもあることの　それも光
の当たらぬ部屋の

わたしよりすこし小さいあしあとは母のもの
そのあとを追ひゆく

紫陽花の夏の亡骸たづさへてわが小家族壊れ
つつゆく

内出血したやうな声伝へつつ電話のそちらも
こちらも夏の夜

まぼろしが滅びてしまふまでの間の牡蠣にレ
モンを搾りゆくなり

ほのひかる夜のキッチンに水を汲む妹に赤い
心臓がある

LITTLE MISS

あなたからの花を枯らして有給の午後アル
コール浸しの脳よ

透かしみるレントゲン写真の影のやうなつめたい月が窓にはりつく

リトル・ミス・電話中毒　真夜中の夢に裸足でもぐりこんできて

縮尺のをかしな地図のなかのやうな冬のやう
な春のやうな午後をあゆめり

架空のフリーダイヤルの語呂で笑ひあつたた
だそれだけの日曜の朝も

最後にみたあなたのなみだの一粒を記憶はう
つくしくしてしまふ

枕の下に白き寺院があるやうなひそやかさ
暮らし続ける

＊

その日からいまも降りつづく白い雨　あなたが姉妹都市になる夢

花束

雨音のまどろみのなかを抱きよせて猫とは毎
朝届く花束

あとがき

この本は私のはじめての歌集で、二〇一六年から二〇二三年に発表した短歌を中心に、三三二首を収めました。構成は制作時期を考慮した部分と、作品同士のあいだに生じる引力にゆだねた部分との両方があります。基本的には歌の響きあいを優先して比較的自由に配置しましたが、特に二〇二〇年以降は未曾有の疫病禍という背景もあり、当時の感覚をわずかにでも残せるよう苦慮しました。

栞文は水原紫苑さん、東直子さん、染野太朗さんよりお寄せいただきました。ご多忙の中、栞文を寄せていただいたみなさまに心から感謝いたします。装幀は花山周子さんにお願いしました。子どもの頃に憧れた宝物のような美しい本を造ってくださり、ただただ感激しています。

三年前の冬、武蔵野の地に移転したばかりの角川『短歌』編集部に赴き、はじめて歌集の相談をさせていただきました。それから作品をまとめ始めたもののなかなか歌集のかたちが見えて来ず、ずいぶんと時間をいただいてしまい、編集部のみなさまにはご迷惑とご心配をおかけしました。辛抱強くお待ちくださり声をかけ続けてくださった前任の打田翼さん、そして熱意を持ってこの歌集の制作を進めてくださった大谷燿司さんに深く感謝申し上げます。

かつての私にとって、短歌は自分と、自分を取り巻く世界を理解するための回路でした。歌集というかたちになることで歌は私のもとから離れ、自由になってゆくような気がしています。この本が誰かたったひとりの読者にとって、幸福な出会いとなることを夢見ています。この本を見つけてくださってありがとうございます。

二〇二三年七月

睦月　都

著者略歴

睦月　都（むつき　みやこ）

1991年生まれ。「かばん」所属。2016年より相田奈緒、坂中真魚両氏と「神保町歌会」を、2019年より温、吉田恭大両氏と詩歌の一箱書店＆ウェブ連動企画「うたとポルスカ」を運営。2017年、「十七月の娘たち」で第63回角川短歌賞を受賞。

歌集　Dance《ダンス》 with《ウイズ》 the《ジ》 invisibles《インヴイジブルズ》

初版発行　2023年10月 2 日
2版発行　2024年12月15日

著　者　睦月　都
発行者　石川一郎
発　行　公益財団法人 角川文化振興財団
〒359-0023 埼玉県所沢市東所沢和田3-31-3
ところざわサクラタウン 角川武蔵野ミュージアム
電話 050-1742-0634
https://www.kadokawa-zaidan.or.jp/
発　売　株式会社 KADOKAWA
〒102-8177 東京都千代田区富士見2-13-3
電話 0570-002-301（ナビダイヤル）
https://www.kadokawa.co.jp/
印刷製本　中央精版印刷株式会社

©Miyako Mutsuki 2023 Printed in Japan ISBN978-4-04-884441-3 C0092

歌集 Dance with the invisibles　栞

実存の鍵——睦月都へ　水原紫苑

境界を越えるための幻想　東 直子

香水と秋の戸　染野太朗

実存の鍵――睦月都へ

水原紫苑

睦月都第一歌集『Dance with the invisibles』は、新しい現代の実存を問う一冊である。

人とゐて深く呼吸のできる夜　肺を得たりし魚のごとくに

まだ青いどんぐりの実が落ちてゐる　ふざけてゐて落下した子供

とても小さな靴下が落ちてゐる渋谷の秋の谷底にゐる

鳥の名の歌集をひとつ手に持ちて架空の国境を越えてゆく

もう誰も手放しで笑うことのできない、美しいもののすべてが遠ざかる世界で、詩人は決して諦めることなく、仄暗い人間存在の鍵を、私たちに手渡そうとしている。

木のスプーン銀のスプーンぬぐひをへ四月の午後は裸足でねむる

悲傷なきこの水曜のお終ひにクレジットカードで買ふ魚と薔薇

春の夜によそふシチューのごろごろとこどもの顔沈みゐるごとく

悲し、とふ言葉が今朝はうすあをき魚の骨格となりて漂ふ
壺とわれ並びて佇てる回廊に西陽入りきてふたつ影伸ぶ
告解の少年少女を思はずも雪平鍋に口ひらく貝
そこらぢゆう木香薔薇が咲いてゐる　夜なのに子どもの声がしてゐる
月は老いて我にしたがふ　百年後同じき帰路をあゆむわれにも

作者を世に知らしめた、第六十三回角川短歌賞受賞作「十七月の娘たち」から引いた。この一連には、作者のまれな美質がすでに十全に現れている。

キリスト教世界が下敷きにあるのは、「告解」という語彙からも推量されるところだが、作者はあたかも神の内臓の暗がりに棲んでいるかのように、奇妙な体温を持った感覚で、みずからと世界の受苦を訴えてやまない。

「木のスプーン」と「銀のスプーン」それぞれの孤独は拭われるとも消えることなく、彼らには「われ」の裸足の眠りすらない。「悲傷」といえば聖母マリアのそれが思われるが、誰もマリアではありえない今、キリストを意味する「魚」と、受難の血潮を表象する赤い薔薇とは、資本主義社会の贈り物であり、クレジットカードで買うものである。

シチューの中にはヘロデ王に虐殺された子どもたちを思わせる野菜が沈み、「悲し」と

いう古語は肉を喪失した魚あるいはキリストの骨格となる。

内臓を持たない壺と内臓を持つ「われ」とが並ぶ回廊に、西陽が差せば、魂のような影は二つながらに伸びる。「告解」を強いられる少年少女のように、雪平鍋で煮られて口を開ける貝たちの苦患は誰も語ることがない。

木香薔薇は、中国原産の灌木である。丈夫で成長が早く、繁茂しやすい。初夏、その白あるいは黄色の花々に囲まれて、詩人は境界を超え、永遠に生まれない子どもの声を聴く。月は老いて、もはや地球ではなく、「我」に従う。百年後もまた、どこからか帰って来る「われ」に。ここにおいて、詩人はおそらく不死であり、死の救いすらも与えられない孤独な歩行者である。

真夜中の人の胃のなかにゐるやうでなまあたたかし春の嵐は
煙草吸ふひとに火を貸す　天国はいかなる場所か考へながら
人らみな羊歯の葉ならばをみなともをのこともなくただ憂ふのみ

これらの歌も同じ一連にある。

「真夜中の人の胃のなか」は奇異な表現だが、一体誰の体内にいるのか。神の子でありながら、人間として生まれたとされる一人を思う。少しうつむいて煙草の火を移しながら、考える天国には具体的な空間のイメージがある。そして、「羊歯の葉」の歌は、「魚の骨格」の歌と並んで、文語旧仮名の端正な文体が鮮やかに生きている。

この文体の特異性と批評的な知性とは、豊かな感覚を持つ睦月都の作品を一過性でない問いかけとして構築する。

けはひなく降る春の雨　寂しみて神は地球に鯨を飼へり

にはとりは恐竜の裔《すゑ》うつくしき恐竜族の胸ひらきゆく

夜の噴水見つつおそらく輪廻なきわれと汝れなる風からみあふ

数式を食事のやうに与へたりわれは機械に物教へむと

致死量の水仙の花が咲いてゐた最後の家族旅行の記憶に

口紅といふ制度さびれて三度目の春の一千枚目のマスク

心臓に部屋がいくつもあることの　それも光の当たらぬ部屋の

箴言のように苦く美しい、これらの短歌作品は、今という困難な時代を私たちに問いかけてやまない。短歌という一ジャンルを超えた、人類の希求に対峙しようとする創作者の最初の書物をことほぎたい。

境界を越えるための幻想

東　直子

十七月の夜のカタン　娘はいまゆめみるごとく領地拡げて

睦月都さんは、この歌を表題とする「十七月の娘たち」五十首連作で第六十三回角川短歌賞を受賞した。私はこのとき選考委員の一人だった。睦月さんの作品には、特別な詩的喚起力があり、独自の世界を構築しようとする意欲に充ち、旧かな表記の落ち着いた文体は、言葉と真摯に向き合う覚悟を感じさせた。一方で〈沼ちかく棲まへるわれや病める目にときをり娘の幻覚を見つ〉など、「娘」という語を使った歌が多出していることが指摘された。また、「娘」の語だけでなく、母と妹と少女も複数回登場し、女性や、女性の血縁関係といったモチーフにテーマが宿っているのだろうと思った。

「十七月の夜のカタン」ではじまる掲出歌は、読み解くのが少し難しい歌である。「カタン」は、ドイツ生まれのボードゲームで、家を建て、農業、鉱業を展開しつつ自分の領地を広げ、事業拡大を競う。「十七月」という定義も不思議である。一月になってもリセットされることのない架空の時間軸の中で架空の領域を広げている架空の「娘」の存在を想像している、というのが私の解釈だが、現実世界では叶えられないことを夢みている、という角度から探れば、現実への絶望感が漂いはじめる。

そのような選考時の記憶を念頭に置きつつ歌集『Dance with the invisibles』を読むと、次のような歌が目に留まった。

春の二階のダンスホールに集ひきて風をもてあますレズビアンたち

霧《スモーク》をまとふ裸の踊り子の奥歯に銀のかんむりを見き

風の夜あなたの捲毛をほぐしてゐる小さなソファーが箱舟になる

いずれも女性が女性を想い、見つめている歌である。やわらかな韻律から浮かび上がるイメージは淡い光につつまれ美しいが、風や霧や箱舟と共に描かれ、はかなさもある。表題の意味（目に見えないものと踊る）とも直結する内容で、先に感じた絶望感とも響き合う。自分の中に抱いている憧れへの情熱と諦念との葛藤によって歌が生まれているのではないだろうか。

猫といふさすらふ湖《うみ》がけさはわが枕辺に来て沿ひてひろがる

とまり木にとりどりの鳥、鳥は鳥の骨格通り羽を広げる

蜘蛛のアパートメントと砂糖の木　十一月は夜に近づく

こうした小さな生き物を見つめた作品も心に沁みる。猫も鳥も蜘蛛も、そのたたずまいや存在感が神秘的に描かれ、敬愛の念を寄せていることが伝わる。猫を拾って保護するエピソードが描かれた連作「Kitten blue」は、特に心揺さぶられた。

手を出せば手に乗つてきて雨のなか　ああ　わたしたち帰る巣がないのだ

野良猫を抱き上げるときわれは崖　われは崖　風に額さらして

猫も雨も風も崖も一体化していくような迫力がある。睦月さんの歌には、様々な境界を越えようとする意識が通底しているように思う。

そこらぢゆう木香薔薇が咲いてゐる　夜なのに子どもの声がしてゐる

ひぐらしの姿は見えず音のみが八月の血を透過してゆく

街を描写しつつ立ち上がる命の蠢きは、ときに街と身体が一体化する願いとなる。

その日からいまも降りつづく白い雨　あなたが姉妹都市になる夢

愛する者と時空間を共有するための白昼夢。その幻想は切望であり、叫びでもある。

香水と秋の戸

染野太朗

この歌集の歌の韻律や質感にまず没入させられ、没入に気づいてあわてて距離を取り、でも気づけばまた没入し、とくりかえしてなんとか読み終え、ではどうすればこの歌集の途方もない魅力を説明できるだろうと、長く考えている。

春の二階のダンスホールに集ひきて風をもてあますレズビアンたち

女の子を好きになつたのはいつ、と　水中でするお喋りの声

不用意に質感などという語を使ったが、睦月都は、つまり意味として言語化・論理化される手前の印象や雰囲気、手触りといったものをコントロールするのが本当に巧みだと思う。右の二首を主題や意味内容を中心に散文化しようとするとき、それはまず、この社会における「レズビアン」や「好き」のありようを整理するところから始まるはずだ。しかしこの歌の眼目は「春」とか「二階」とか「ダンスホール」とか、女性ではなく「女の

子」、話すではなく「お喋り」であることなど、そういった、語彙がもたらす印象そのものにあるのだと思う。そういう語彙の質感を一首においてどのような動線で配置し、さらにどのような韻律（一首目の初句七音や二首目の上の句の間合い、呼吸などがまず目立つ）を発生させるか。直観と計算の入り混じるような、歌の現場としての質感や韻律がまずあって、というより、そういったものを意味や思想に従属させることなく、その上で、歌の主題や景といったものを軽やかに、けれども重く強く、一首に編み込んでいる。

長電話終へたる部屋の遠き無音　ネアンデルタールの洞窟に似しか

昔の地球でつくられた緑の体重計　裸で乗るとおもさがわかる

わかりやすいところでは例えば右の「ネアンデルタール」や「昔の地球」などもそうだ。これらの語彙が、僕も知っているはずの無音や体重計を独特のベクトルで異化する。時空やモノを人類の歴史や地球全体からの尺度であざやかに、かつあっさりと組み換える。

ところで「昔の地球」というのは別の観点で考えてもおもしろい。自分も地球に生きているのにどこか他人事、半異星人とでもいうような、妙な俯瞰が見て取れるように思う。

とまり木にとりどりの鳥、鳥は鳥の骨格通り羽を広げる

流し台に立つたままプラムへ齧りつく　憎しみの跡地に憎しみが来る

口紅といふ制度さびれて三度目の春の一千枚目のマスク

「骨格通り」「跡地」「といふ制度」といったあたりには、対象を動かす根本のシステムのようなものを外側から、ときに空間化・物質化さえして見つめる、分析的な眼差しがある。理知的、というとやや語弊があるが、質感や韻律を先立たせながら、そういう俯瞰や論理をも、修辞と内容の両面において感じさせる歌がこの歌集には頻出する。大切なのは、にもかかわらず歌自体はやわらかで個性的な詩性を手放していないということ。

君の家に檸檬の木あり檸檬の花咲けりとふ声けさは聞きたり

猫をわが全存在でつつみ抱くともだちになつてくれたら魚をあげる

まだ青いどんぐりの実が落ちてゐる　ふざけてゐて落下した子供

借りるねと言つて彼女がつけてゆくすこし重い香水、秋の戸

右の歌の「香水」は韻律や質感を、「秋の戸」は俯瞰や論理を象徴するように僕には見える。戸を隔ててもそこにただよう香りと、しかし秋の凛とした空気をまといながらこちらとあちらを明確に区切るとびら、それを見つめる眼差し。――語りたい魅力はまだまだ尽きない。美しくすずしげな、そしてスケールの大きな歌集だと思う。

灯油売りの車のこゑは薄れゆく花の芽しづむ夕暮れ時を

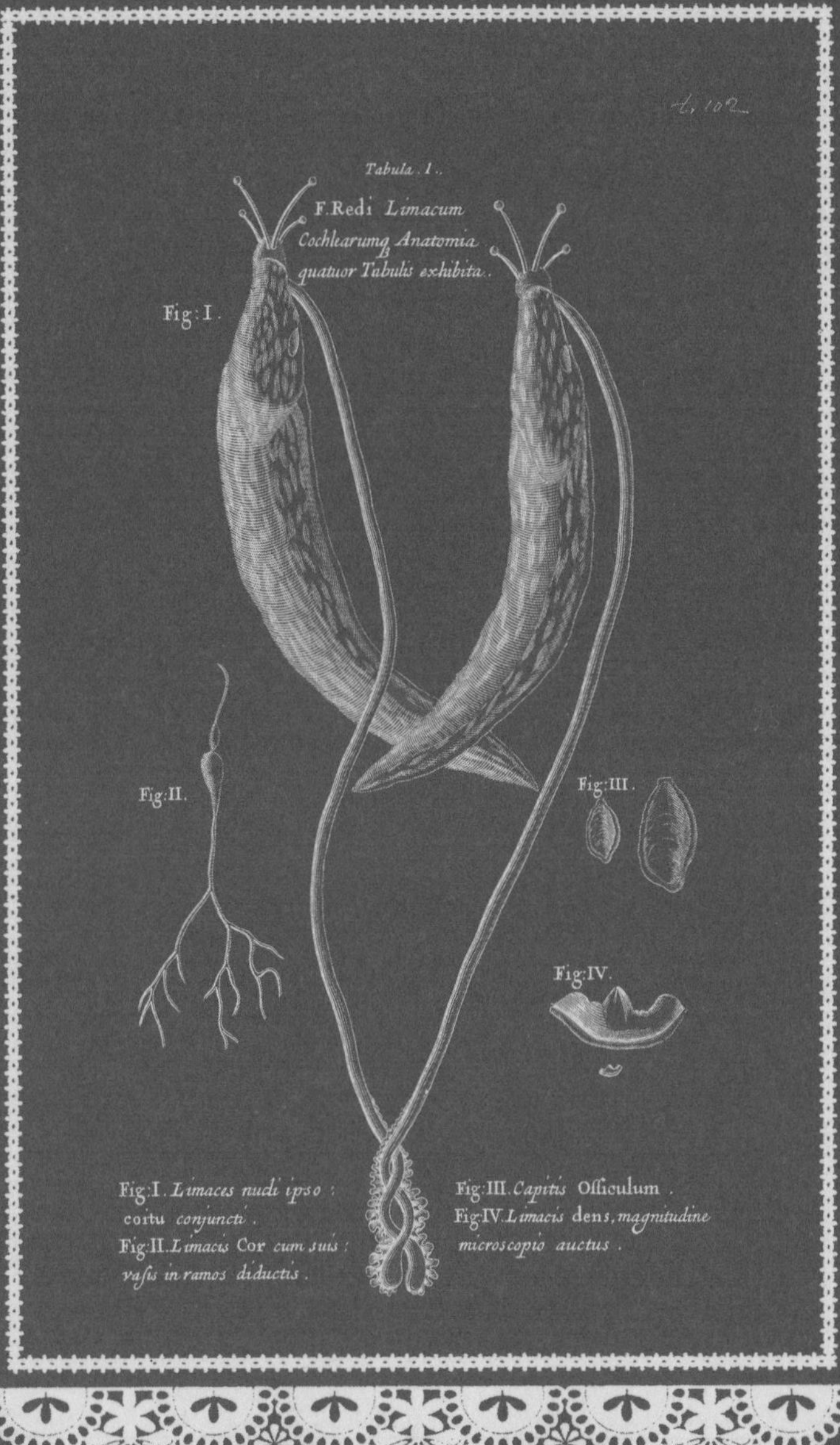
Tabula. I.
F. Redi Limacum
Cochlearumq Anatomia
quatuor Tabulis exhibita.
Fig: I.
Fig: II.
Fig: III.
Fig: IV.
Fig: I. Limaces nudi ipso coitu conjuncti.
Fig: II. Limacis Cor cum suis vasis in ramos diductis.
Fig: III. Capitis Ossiculum.
Fig: IV. Limacis dens, magnitudine microscopio auctus.